給孩子的世界經典故事

格林童話

幼獅文化　編著

U0114759

園丁文化

編者的話

送給孩子最經典、寶貴的智慧

研究表明，人在 13 歲之前，記憶力最好，背誦過或者閱讀過的文字，都會在腦海中留下深刻的印象。在此時多閱讀優秀作品，從書中汲取營養，不僅對身心健康和智力發展大有裨益，而且會使人受益終生。

因此，我們從既經典又富教育意義的童話寓言中，精心編選了《給孩子的世界經典故事》系列，讓孩子走進天馬行空的故事世界，學會做人和處世的道理。

《伊索寓言》精選了 34 個相傳由古希臘文學家伊索所寫的故事。伊索曾不幸被賣為奴，後來因非凡的智慧備受賞識，最終獲釋。落泊的經歷使他在作品中抨擊不公義的社會，並通過生動的比喻，教導世人正直、勤奮等價值觀，鼓勵人們面對強大的對手亦不要氣餒，孩子可從中學會做人處世的道理。

《格林童話》的 12 個故事，輯錄自 19 世紀德國格林兄弟出版的童話書。當時德國正面臨瓦解的局面，為了保存民族文化，格林兄弟蒐集民間故事，把它們編寫為給大人和孩子的童話書。格林兄弟力求保留故事的原貌，但部分內容並不適合兒童，所以其後盡量淡化那些情節，好好

潤飾文字，使故事漸變成現今在市面上流通的版本。故事的主角大多以堅強、勇氣、正直等特質戰勝邪惡的敵人，孩子可從中學習良好的品格。

　　《安徒生童話》的 14 個故事，精選自 19 世紀丹麥作家安徒生的作品。安徒生家境貧困，加上父親早逝，自幼受盡白眼，以致長大後遊歷各地時，對愚昧貪婪、貧富不均等社會現象感受甚深。於是，他在作品中批判這些社會醜惡，流露對貧苦百姓的同情，孩子可從中學會分辨真善美和假惡醜。

　　這些童話寓言或因創作背景，以致部分價值觀跟現今社會有些不同，然而當中不少道理至今仍是至理名言。良好的讀物，會有生動有趣的文字，精美靈動的圖畫，詮釋得淋漓盡致的內容。跟孩子細細品讀的過程中，可以把多元的知識、豐富的情感、深刻的哲理、審美的趣味悄悄進駐孩子們的心田，讓孩子們變得更聰明，也更善於發現世間的美。

目　錄

小紅帽

　　從前，有一個十分漂亮的小女孩。她的外婆很愛她，恨不得把世上的好東西都送給她。

　　一次，外婆送給小女孩一頂帽子。帽子是用紅色的天鵝絨做的，小女孩戴着非常漂亮。她捨不得脫下來，天天戴着帽子，所以大家都叫她「小紅帽」。

　　一天，外婆生病了，媽媽用籃子裝了一塊

蛋糕和一瓶葡萄酒，叫小紅帽送去，還叮囑說：
「你沿着大路走，不要跑到森林裏去。」

小紅帽點點頭，回答說：「好的，媽媽。」
說完，她向媽媽揮手告別，上路了。

外婆家在郊外的森林後面。小紅帽牢記媽媽的話，一直沿着大路走。

當她走到森林邊時，迎面走來一隻大灰狼。小紅帽不知道狼是非常狡猾和殘忍的動物，就沒有躲起來。

大灰狼一看見小紅帽，就動起歪念頭來。他熱情地打起招呼來：「早上好啊，小紅帽。」

小紅帽回答：「早上好，大灰狼先生。」

大灰狼看見小紅帽一點都沒有防範自己，很高興，就問道：「小紅帽，你要

到哪裏去啊？」

小紅帽説：「外婆病了，我給她送東西去。」

大灰狼轉了轉眼珠子，又問道：「籃子裏面裝的是什麼東西？」

小紅帽沒有看見大灰狼不懷好意的眼神，不假思索地回答：「是蛋糕和葡萄酒。我的外婆生病了，要吃點好東西進補。」

大灰狼一聽，試探着問道：「那你外婆的家在哪裏？」

小紅帽回答：「在森林後面三棵大橡樹底下，房子四周還圍着胡桃樹籬笆呢！」

大灰狼聽了，心想：這個小東西看起來細皮嫩肉的，一定比老太婆好吃。我要想一個好辦法把她們兩個都吃掉！

大灰狼眼睛賊溜溜地轉着。很快，他就想到了一個主意。他對小紅帽説：「哎呀，小紅帽，森林裏有這麼多漂亮的鮮花和小鳥，你怎

麼看都不看一眼啊？你看看，那些花都在向你招手；你聽聽，那些鳥都在為你歌唱呢。」

小紅帽睜大眼睛，朝四周看了看。只見小鳥在樹木間跳動，鮮花在隨風搖擺，好像在跳舞一樣。

小紅帽非常高興，心想：這些花兒真漂亮，我採一些送給外婆吧。她看到鮮花，一定會非常高興的。

於是，小紅帽離開大路，跑到森林深處去採鮮花了。森林裏的鮮花都十分漂亮，小紅帽採了這朵又採那朵，採着採着，就忘了時間。

大灰狼見小紅帽上

當了，就趁這個機會趕去小紅帽外婆家。到了門前，他敲了敲門。裏面傳來低沉的聲音：「誰在敲門啊？」

大灰狼假裝小紅帽的聲音回答説：「外婆，是我呢！小紅帽給您送蛋糕和葡萄酒來了，請您開開門吧！」

外婆回答説：「小紅帽，我沒有力氣起牀，你自己轉動門上的把手，門就可以打開了。」

大灰狼聽了，轉了轉門上的把手，果然一下子打開了門。大灰狼不作聲，躡手躡腳地走到外婆的牀前，抓住她，一口吞了下去。接着，大灰狼穿上外婆的衣服，戴上外婆的帽子，躺在外婆的牀上，還拉上了簾子。

至於小紅帽，她還在森林裏到處採花呢。直到花多得拿不下了，她才想起外婆還在等

她，於是趕緊往外婆家走去。

　　到了外婆家，小紅帽發現門是開着的，就走進房間，叫道：「外婆，早上好！」

　　可是，沒有人回答小紅帽。她走到牀前把簾子拉開，看見「外婆」躺在那裏，帽子拉得很低，樣子看上去有點奇怪。

　　「咦，外婆，」小紅帽問道，「您的耳朵為什麼這麼大？」

「為了能更好地聽你說話呀，乖孩子。」

「可是外婆，您的眼睛為什麼這麼大？」

「為了能更好地看你呀。」

「外婆，您的手為什麼這麼大？」

「為了能牢牢地抓住你呀！」

「外婆，您的嘴巴為什麼這麼大？」

「為了能一口把你吃掉呀！」

　　說完這話，大灰狼一骨碌從牀上跳
下來，把可憐的小紅帽也吞了下去。

大灰狼吃飽以後，就躺在牀上睡起覺來。沒過多久，他就開始大聲地打鼾了。

一個獵人剛好從門前經過，發現門敞開着，裏面還傳來雷鳴般的鼾聲。獵人覺得非常奇怪，心想：這老太太，

睡覺也不關門，還打這麼響的呼嚕，不會是生病了吧？我要進去看一看。

獵人走進房間，看見一隻大灰狼正挺着個大肚子躺在牀上睡覺。他心想：你這個大壞蛋，我找你很久了，原來你在這裏。於是，就端起槍來瞄準大灰狼，準備打死他。

忽然，獵人轉念一想：大灰狼的肚子鼓鼓

的，說不定老太太就在裏面。他趕緊放下獵槍，拿起工具剖開大灰狼的肚皮。

他剖開大灰狼的肚皮後，小紅帽就跳了出來，叫道：「哎呀，我快嚇死了，大灰狼的肚子裏太黑了！」

不久，外婆也出來了，她被悶得有點喘不過氣來。

獵人說：「大灰狼到處吃人，我們可不能放他走！」於是，他吩咐小紅帽到外面搬來一塊大石頭，然後把石頭放進大灰狼的肚子裏。

大灰狼醒來後，看見獵人，嚇得馬上逃跑。但是石頭非常重，他剛站起來就重重地跌倒在地上，摔死了。

　　看見大灰狼死了，三個人都高興極了。獵人帶着獵槍回家去了；外婆吃了小紅帽拿來的蛋糕和葡萄酒，身體好多了。

　　小紅帽想：我真應該聽媽媽的話，不該跑到森林裏去，以後我再也不會犯這樣的錯誤了。

青蛙王子

　　從前，有一位國王，他有很多女兒。她們都非常漂亮，特別是小公主，美得就像仙女般。

　　國王的宮殿附近有一個大森林。在一棵老椴樹下，有一口水井。天氣炎熱的時候，小公主就會抱着金球跑到水井旁玩耍。

有一天，小公主又在井旁玩球，一不小心，金球落到水井裏，不見了。小公主傷心得哭了起來。

這時，一把聲音傳來：「小公主，你為什麼哭呢？」

小公主低頭一看，一隻青蛙正從水井裏探出腦袋來，於是對他説：「我的金球掉到水井裏去了。我再也不能玩金球了。」

青蛙説：「我可以幫你撿回金球！但是你拿什麼來答謝我呢？」

小公主説：「只要你幫我把金球撈上來，你要什麼我都答應你！」

青蛙説：「我只想做你的朋友。只要你答應，我馬上幫你撿回金球。」

「好的，」小公主説，「只要你把金球撈出來，我什麼都答應。」小公主嘴上這樣説，心裏卻不打算和青蛙做朋友。

青蛙見小公主答應了，趕忙跳到井裏，把金球撈了上來。小公主一拿到球，就高興地跑開了。

青蛙在後面叫道：「小公主，等等我，別跑那麼快！」可是不管他怎樣叫喊，小公主都不理他。

第二天，小公主正在吃飯，門外傳來了青蛙的叫聲：「小公主，請給我開開門吧！我是昨天幫你從水井裏撿回金球的青蛙啊！」

小公主假裝沒聽見，心裏卻非常緊張。

國王見小公主一副心慌意亂的樣子，問道：「孩子，你怎麼了？門外是誰在叫你啊？」

小公主回答：「是一隻青蛙。」

國王又問：「他來找你幹什麼？」

「昨天，我的金球掉到井裏了。青蛙幫我把金球撈上來，條件是他要做我的朋友。我以為他說着玩的，就答應了，沒想到他當真的。」小公主回答說。

這時，青蛙在門外唱起歌來：「小公主，請把門打開！你難道忘了，昨天在水井邊對我許下的諾言了嗎？小公主，請快把門打開！」

國王聽了，說：「孩子，答應別人的事情就應該做到。你快點去給青蛙開門吧。」

小公主很不情願地開門了。門一開，青蛙就跳了進來，一直跳到她坐的椅子前。青蛙說：「小公主，讓我坐在你旁邊吧！」

小公主半天不吭聲，直到國王命令她照辦，她才慢騰騰地把青蛙放到椅子上坐好。

21

青蛙坐在椅子上，大口大口地吃着東西，小公主卻一口也吃不下。吃完東西，青蛙想睡覺，就對小公主說：「我睏了，帶我去你的房間裏睡覺吧！」

小公主本來就不樂意跟青蛙一起玩，現在聽說他還要在自己房間裏睡覺，急得哭了起來。

國王說：「孩子，如果有誰在你有困難時幫助過你，你一定要記得感謝他！還有，答應別人的事情一定要做到！」小公主沒辦法，只好把青蛙帶到自己的房間，放在一個角落裏。

小公主正要睡覺，青蛙跳過來說：「小公主，我要像你一樣躺在牀上舒適地睡覺。請抱我到牀上吧。」

小公主聽了，非常生氣。她一把提起青蛙，用力地往牆上摔過去。誰知，青蛙一落地，就變成了一個年輕英俊的王子！

「這到底是怎麼一回事呀？」小公主覺得

很奇怪，忍不住問道。

　　王子說：「我原本是一個王子，因為被巫婆施了魔法，變成了青蛙，只好待在水井裏。只有你才能幫助我恢復原形。」

　　正說着，國王來了。得知事情的緣由後，他非常高興，立即為王子和小公主舉行了婚禮。

　　從此，青蛙王子和小公主過上了幸福美滿的生活。

白雪公主

　　一個冬天的下午，天下着鵝毛大雪。雪花紛紛從窗戶飄進了屋裏。一位王后坐在窗前縫衣服時，不小心扎傷了手指，鮮紅的血液滴在了窗台上潔白的積雪裏。

　　王后想：要是我有一個孩子，她的皮膚像雪一般白，嘴唇像血液一般紅，頭髮像烏木一

樣黑，那就好了。

　　不久，這位王后果然生了一個這樣的女孩，她給女孩取名為白雪公主。不過，沒等白雪公主長大，王后就去世了。

　　後來，國王又娶了一個女人。新王后非常漂亮，但妒忌心很強，不允許有人比她漂亮。她有一面神奇的魔鏡，每當照鏡子時，她就會問：「魔鏡，魔鏡，告訴我，誰是全國最美麗的女人？」

　　魔鏡說：「王后啊，你就是全國最美麗的女人。」這時，王后就會露出滿意的笑容。

　　白雪公主漸漸長大了，

她的美麗就像太陽那麼炫目。

有一天，王后又去問魔鏡：「魔鏡，魔鏡，告訴我，誰是全國最美麗的女人？」

魔鏡答道：「王后啊王后，雖然你也很美，但是白雪公主比你美麗一千倍。」

王后聽了火冒三丈，叫來一個獵人，命令他把白雪公主帶到森林裏殺掉。到了森林裏，獵人不忍心殺害白雪公主，就放她走了。

可憐的白雪公主在森林裏走啊走，又累又餓。終於，在森林深處，她看到了一座小房子。

白雪公主走了進去。房子裏面乾淨整潔，餐桌上擺着七份食物，臥室裏有七張小牀。白雪公主實在太餓了，就在每個盤子裏吃了一點點食物，

又在每個小杯子裏喝了一點酒，然後倒在一張
牀上睡着了。

　　原來，這座小房子是七個小矮人的家，他
們白天在森林裏採集礦石，晚上才回來休息。
七個小矮人回到家後，立刻發現了白雪公主。
看着這個睡着了的美麗女孩，他們都不忍心打
擾她。

　　第二天，白雪公主醒來後，向七個小矮
人説出了自己的遭遇。善良的小矮人決定收留
她。

而狠毒的王后聽獵人説白雪公主已經死了，非常高興。她跑到魔鏡跟前問：「魔鏡，魔鏡，現在誰是全國最美麗的女人呢？」

　　魔鏡回答：「王后啊，這裏你最美麗，但是在遙遠的森林裏，與七個小矮人住在一起的白雪公主比你美麗一千倍。」

　　聽了魔鏡的話，王后生氣極了。於是，她化裝成一個老太婆，提着籃子來到七個小矮人的房子外面叫賣：「賣絲帶啊！漂亮的絲帶！」

　　白雪公主被王后手中五彩的絲帶吸引住了，就把她請進屋裏來。王后説：「美麗的姑娘，請讓我幫你繫上絲帶吧。」白雪公主同意了。

　　沒想到，王后不是把絲帶繫在白雪公主的頭髮上，而是纏在她的脖子上。白雪公主喘不過氣來，暈倒在地上。

　　晚上，七個小矮人回到家裏，看到昏迷的白雪公主，都嚇壞了。他們發現了纏在白雪公

主脖子上的絲帶，連忙找來剪刀，把絲帶剪斷。
於是，白雪公主慢慢蘇醒過來。

七個小矮人囑咐白雪公主：「以後我們不
在家的時候，千萬不要讓陌生人進來。」

王后回到王宮裏，精心打扮了一番，又去
問魔鏡：「魔鏡，魔鏡，現在誰是全國最美麗
的女人？」

魔鏡回答：「王后啊，這裏你最美麗，不
過森林裏的白雪公主比你美麗一千倍。」

聽到這話，王后氣得頭髮都快豎起來了。於是，她又想出一個辦法。

王后做了一把有毒的梳子，然後裝扮成一個雜貨商人，再次來到小矮人的房子外叫賣：「賣梳子，漂亮的梳子啊！」

聽到叫賣聲，白雪公主又忍不住推開窗戶。王后見到白雪公主，就問：「美麗的姑娘，你瞧，這梳子多漂亮！你要不要買一把？」

白雪公主本想拒絕，但看到小梳子實在精緻可愛，就忍不住買了下來。王后趁機說：「姑娘，這梳子很好用的，你快試用一下吧。」

白雪公主聽了，就把梳子插到頭髮裏。轉眼間，她就暈倒在地上了。

晚上，小矮人們回到家裏，

發現白雪公主又暈倒在地。他們發現了白雪公主頭髮裏的梳子，連忙把它取了下來。白雪公主這才慢慢蘇醒過來。

王后回到王宮，又問魔鏡：「魔鏡，魔鏡，現在誰是全國最美麗的女人？」

魔鏡回答說：「王后啊，這裏你最美麗，可是森林裏的白雪公主要比你美麗一千倍。」

王后聽了，氣得差點暈過去。這一次，她想出一條更毒的計策。她做了一個有毒的蘋果，一半紅，一半白，非常漂亮，但是紅的那一半是有毒的。

這次王后化裝成一個農婦，來到小矮人家的門前。她對白雪公主說：「漂亮的姑娘，我這裏還剩下最後一個蘋果，送給你吃吧。」

白雪公主非常喜歡那個蘋果，但是她想起小矮人們的忠告，就忍住了。

　　王后勸白雪公主說：「你是怕這蘋果有毒嗎？這樣吧，我把這個蘋果切開，一人一半。」說完，切開蘋果，把紅的一半遞給了白雪公主。

　　見王后把白的那一半蘋果吃了，白雪公主不再懷疑，接過那一半紅蘋果咬了一口。蘋果剛入口，她就倒在地上，暈死過去。

　　晚上，七個小矮人終於回來了。可是這一次，不管他們用什麼辦法，白雪公主都沒有醒過來。最後，他們只好放棄。

七個小矮人把白雪公主放進一口透明的水晶棺材裏，安放在一座小山上，還輪流看守她。白雪公主靜靜地躺着，就像睡着了一樣。

　　一天，一位英俊的王子路過這裏。他看到水晶棺材裏的白雪公主，立刻愛上了她。王子請求小矮人把白雪公主交給他好好安葬。小矮人被王子的真心打動，就答應了他的請求。

　　王子派人將水晶棺材抬回王宮。路上，棺材撞到一個樹樁上。白雪公主吃下的那塊毒蘋果一下子被震了出來，她慢慢地睜開了雙眼。

　　王子高興極了，帶着白雪公主回到王宮，並舉行了盛大的婚禮。從此，王子和白雪公主過上了幸福的生活。

漁夫和他的妻子

從前，有一個貧窮的漁夫。他和妻子住在一艘破船裏，靠捕魚為生。

一天，漁夫又像往常一樣在海邊捕魚。他把網撒了下去，等到拉上來時，發現網裏有一條大比目魚。

這時，比目魚說話了。他說：「我是一個被施了魔法的王子。如果你放了我，我一定會

好好報答你的。」

看着比目魚懇求的眼神，漁夫起了同情心，就把他放回海裏。

比目魚感激地對漁夫說：「如果你有什麼願望，就到海邊來呼喚我。」說完，就往大海深處游去了。

漁夫收好網，一無所獲地回家了。

一到家，妻子就問他：「親愛的，你今天沒有捕到魚嗎？」

漁夫歎了一口氣，說：「我倒是捕到了一條比目魚，但他說自己是被施了魔法的王子，請求我把他放了，我見他可憐，便答應了。」

妻子問：「難道除了請求你放了他，他就沒有說別的話了嗎？」

漁夫回答說：「他說會好好報答我。」

妻子聽了非常高興，連忙對漁夫說：「太好了，你趕緊到比目魚那裏要一間草棚屋。他既然答應會好好報答你，就一定會滿足你的要求。」

漁夫回答說：「哎，我看還是算了吧。我放了他又不是想從他那裏得到什麼。」

妻子很生氣，大聲罵道：「你救了他，他就應該感謝你。還不快去！」

漁夫雖然很不樂意，但還是向海邊走去。

到了海邊，漁夫開始大聲呼喚：「比目魚，比目魚，快快出來吧！」不一會兒，比目魚就游了過來。

　　漁夫說：「我的妻子想要一間草棚屋。」
比目魚回答說：「你回去吧，她現在已經住在
草棚屋裏了。」

　　漁夫回到家裏一看，他們住的那艘破船不
見了，一間嶄新的草棚屋立在那裏，妻子正坐
在門旁的椅子上。妻子見到他，高興地說：「真
是太好了，草棚屋裏什麼東西都有。」

　　漁夫說：「是的，我們可以愉快地生活
了。」

　　可是過了兩個星期，妻子對漁夫說：「這
草棚屋太小了，要是我們能擁有一座大宮殿，
該多好啊！你快到比目魚那裏去，叫他送給我

們一座宮殿吧。」

漁夫説：「我們有了草棚屋，應該知足了。」

妻子生氣地説：「你儘管去吧，他不會不答應的。」

漁夫被吵得沒辦法，只好又往海邊走去。

到了海邊，漁夫又開始呼喚比目魚：「比目魚，比目魚，快快出來吧！」

很快，比目魚就伸出頭來問道：「恩人，你有什麼需要我幫忙的嗎？」

漁夫説：「我的妻子想要一座石頭造的宮殿。」

比目魚説：「你回去吧。她的願望已經實現了。」

漁夫回到家時，看到一座很大的石頭宮殿，妻子正站在台階上。

妻子拉着他的手説：

「快進來，這是我們的新家。」

妻子帶着漁夫到處參觀，還高興地說：「這才是我想要的生活。」

漁夫說：「是啊，太太，現在你一定心滿意足了吧？」妻子卻說：「我暫時覺得滿足了。」

第二天天剛亮，妻子就叫醒漁夫，說：「你快點起來，到比目魚那裏去，說我要做女王。」

漁夫說：「太太，你昨天不是說已經心滿意足了嗎？」妻子很生氣，命令道：「廢話少說，你快點去吧！」

漁夫沒法子，只好去了。

　　　　漁夫到了大海
邊，小聲呼喚比目魚。沒過
多久，比目魚出來問：「你有什麼
需要我幫忙的嗎？」

　　　漁夫說：「我的妻子想當女王。」比
目魚說：「好的，你回去吧，她已經是女王了。」

　　　於是漁夫回去了。剛走到宮殿的門口，他
就看見妻子正坐在金子做成的寶座上，頭上戴
着大金冠，手裏拿着純金的手杖，兩旁還站着
許多侍臣。漁夫簡直不敢相信自己的眼睛。

　　　妻子急躁地說：「你回來得正好，趕快到
　　　　　　比目魚那裏去，說我要做教皇。」

　　　　　　　　漁夫說：「太
　　　　　　　　太，你還不滿足？
　　　　　　　　我不能再去了。」

　　　　　　　　　　妻子聽了，
　　　　　　　　　生氣地說：「我
　　　　　　　　　現在是女王，你

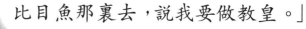

最好馬上去，不然我把你關進監獄。」

　　漁夫很害怕，只好又朝海邊走去。

　　到了海邊，漁夫膽戰心驚地呼喚比目魚。過了很久，比目魚才游過來說：「你的妻子又有什麼要求嗎？」

　　漁夫回答說：「她想做教皇。」

　　比目魚說：「好吧，她現在已經是教皇了，你回去吧。」

　　漁夫回到家，看見一座金碧輝煌的大教堂，妻子身上穿着金子製成的衣服，頭上戴着

巨大的金冠，坐在豪華的寶座上，威武極了，身邊還站着許多國王和主教。

漁夫走上前去，恭敬地説：「太太，你現在做了教皇，什麼都有了，不會再有要求了吧？」

妻子回答：「暫時沒有了，不過，我還要再考慮考慮。」

到了晚上，妻子不停地想應該再向比目魚要點什麼。她看見月光從窗户照射進來，心想：怎麼月亮還不下去，太陽還不上來呢？要是我能控制它們的升落，不，是控制一切事物，那該多好。

第二天，妻子把漁夫叫醒，説：「我要像上帝一樣無所不能。你去跟比目魚説吧。」

漁夫嚇了一跳，説：「太太，你是開玩笑吧？人怎麼可能像上帝一樣呢？」

妻子説：「少囉嗦，快給我去。」

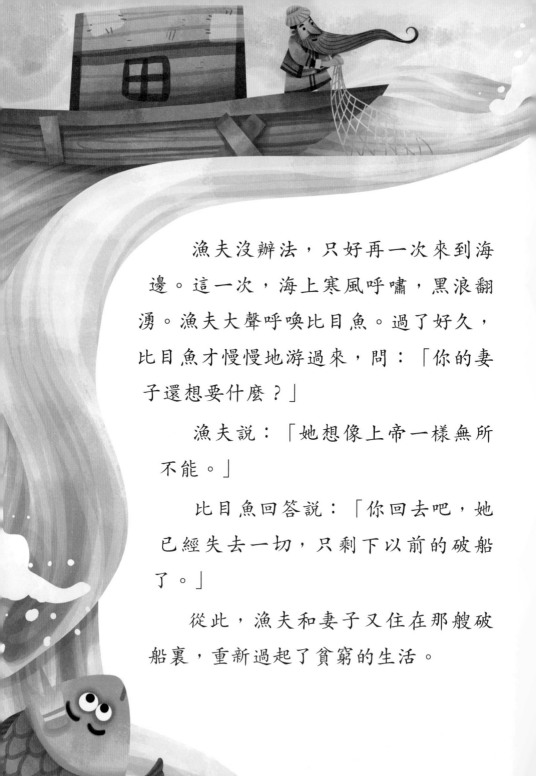

　　漁夫沒辦法，只好再一次來到海邊。這一次，海上寒風呼嘯，黑浪翻湧。漁夫大聲呼喚比目魚。過了好久，比目魚才慢慢地游過來，問：「你的妻子還想要什麼？」

　　漁夫說：「她想像上帝一樣無所不能。」

　　比目魚回答說：「你回去吧，她已經失去一切，只剩下以前的破船了。」

　　從此，漁夫和妻子又住在那艘破船裏，重新過起了貧窮的生活。

灰姑娘

　　從前有一個富翁，他的妻子得了重病，不久就離開了人世，只給他留下一個女兒。

　　後來，富翁又娶了一個女人。那女人還帶來了自己的兩個女兒。

這兩個女兒年紀比富翁的女兒大，長得很漂亮，但是心腸很壞。她們搶走了女孩所有漂亮的衣服，還命令她去廚房裏幹活。女孩累得不行了，就趴在灶旁的灰塵堆裏睡覺，因此總是滿身灰塵。她們就嘲笑女孩，叫她「灰姑娘」。

一天，灰姑娘的父親要去趕市集，問女兒們要買什麼。大女兒說：「我要漂亮的衣服。」

二女兒說：「我要珍珠和寶石。」

父親問灰姑娘：「孩子，你想要什麼？」

灰姑娘回答說：「爸爸，你回家時，把碰到你帽子的第一根樹枝折下來帶給我吧。」

父親從市集回來後，給了兩個繼女和灰姑娘她們想要的東西。

灰姑娘謝過父親，然後把樹枝種在母親的

墓旁。想起死去的母親和自己現在所受的委屈，她的眼淚不斷地落下來。

沒想到，眼淚正好落到樹枝上，樹枝開始生長起來，最後變成了一棵高大的榛樹。不久，樹上搬來了兩隻白色的小鴿子。

灰姑娘每天都會到樹下祈禱。這時候，小鴿子就會在樹上看着她。只要灰姑娘說出她的願望，小鴿子就能幫她實現。

一次，國王要舉行一個為期三天的舞會，邀請了全國的漂亮女孩來參加，還要從中挑選一位女孩做王子的妻子。

繼母的兩個女兒聽了，急忙叫灰姑娘來幫她們打扮。灰姑娘也很想去參加舞會，可是繼母不想答應，想了很多辦法來阻攔她。

繼母説：「如果你能在兩小時內把倒在灰塵堆裏的碗豆揀出來，我就讓你跟她們一起去。」説完，把一碗豌豆倒進了灰塵堆裏。

灰姑娘見了，馬上來到花園裏，向着榛樹上的小鴿子叫道：「小鴿子，小鴿子，請你幫幫我，把豌豆挑出來吧！」

小鴿子「咕咕」地叫了幾聲，叫來了各種各樣的小鳥幫忙挑豆子。一個小時後，牠們就把豆子挑好了。

灰姑娘端着挑好的豆子去找繼母。繼母看到後，又把兩大碗豌豆倒進了灰塵堆裏，説：「如果你能在一個小時內把這些豌豆挑出來，你就可以去了。」繼母以為這樣一定可以難住灰姑娘。

灰姑娘又來到花園，請求小鴿子幫忙。

結果，不到半個小時，鳥兒們就把豆子挑好了。灰姑娘把兩碗豆子端給繼母看。這一回，繼母理都不理她，帶着兩個女兒匆匆忙忙地走了。

　　灰姑娘來到榛樹底下，傷心地哭起來。

　　小鴿子見了，從樹上扔下一件用金銀絲線製成的晚禮服和一雙漂亮的舞鞋。

　　灰姑娘穿上禮服和鞋子，就去參加舞會。

　　在舞會上，灰姑娘高貴、典雅，美得像天仙下凡一般，一下子就吸引了舞會上所有男士的目光。大家都以為她是一位外國公主呢。

　　王子也被灰姑娘迷住了，走過去邀請她跳舞。他們跳了很多首曲子，相處得很愉快。

　　灰姑娘跳到很晚才想起該回家了。王子說：「我送你回家吧。」灰姑娘無法拒絕，就同意了。到了家門口，灰姑娘趁王子不注意，悄悄溜進了花園。

王子見灰姑娘一轉眼就不見了，覺得非常奇怪，就站在門口等着。

這時，灰姑娘的父親回來了。王子對他說：「剛剛有個漂亮的姑娘在這裏，可是一轉眼就不見了，會不會是到你家裏去了？」

父親想：我的妻子和女兒都去參加舞會了，還沒有回來，難道他說的是灰姑娘嗎？於是，他把王子帶進了屋裏。

但是灰姑娘早已把衣服和鞋子換下了。王子認不出她來，只好走了。

第二天，繼母又帶着兩個女兒去參加舞會。

灰姑娘來到榛樹下，這次，小鴿子扔下了更加漂亮的衣服和鞋子。灰姑娘很高興，連忙穿上衣服和鞋子去參加舞會。

這一次，灰姑娘更加引人注目了，整個會場的人們都在看她。王子又一次被她迷住了，並且認出她就是昨晚那個漂亮的女孩。王子朝

她走過去，邀請她跳舞。

到了晚上十一點半，灰姑娘要回家了。王子說：「好吧，那就讓我送你回家吧。」

灰姑娘一開始不答應，但王子堅持要送她。沒辦法，灰姑娘只好讓他跟自己一塊兒走。走到家門口時，灰姑娘趁王子不注意，躲到花園裏的一棵樹上去了。

王子發現灰姑娘不見了，只好在門口等灰姑娘的父親回來，他認為那個漂亮的女孩是躲到這座房子的花園裏去了。

但是當灰姑娘的父親帶着王子走進花園後，王子還是沒有找到灰姑娘。

王子弄不明白這是怎麼一回事，只好悶悶不樂地回王宮了。

第三天，等繼母和她的兩個女兒走了之後，小鴿子又扔下一件更加華麗的晚禮服和一雙精緻的水晶鞋。灰姑娘穿上它們後，興致勃勃地參加舞會去了。

灰姑娘一到會場，王子就認出了她。王子緊緊拉住灰姑娘的手，生怕她又逃走了。

快到午夜十二點的時候，灰姑娘又要回家了。

王子這次長了個心眼。他知道這個漂亮女孩一定會從樓梯那裏離開，就命人把整條樓梯塗上了柏油。

　　果然，灰姑娘從樓梯跑走了。可她的一隻水晶鞋被柏油黏住了，她只好把鞋子留了下來。

　　王子撿起水晶鞋，心想：誰要是能穿上這隻鞋子，就一定是那個漂亮的女孩了。

　　第二天早晨，王子來到灰姑娘的家裏，對灰姑娘的父親說：「哪位女孩能穿上這隻舞鞋，她就可以成為我的妻子。」

　　繼母的兩個女兒聽了，非常興奮。父

親把鞋拿給女兒們，大女兒拿起鞋子就跑到房間裏去試穿。但是她的腳趾太大，怎麼也穿不進去。

站在一旁的繼母就對她說：「你把腳趾擠進去吧。當了王妃，你就不用走路了。」

大女兒照做了，然後忍着痛穿上鞋子去見王子。王子以為她就是自己要找的女孩，就準備帶她回王宮。

當他們經過灰姑娘母親的墳前時，榛樹上的鴿子向王子叫道：「王子，你看看，她的腳正流着血呢！她不是鞋子的主人，鞋子的主人還在家裏呢。」

王子低頭一看，發現果真有些血從鞋子滲出來。於是，他把大女兒送了回去。

繼母說家裏還有個二女兒，於是王子便讓她來試穿鞋子。可二女兒發現自己的腳後跟太大了。

繼母說：「把腳後跟擠進去吧。當了王妃，你就用不着走路了。」二女兒照做了，最後勉強穿上了鞋子。於是，王子帶着她走了。

當他們走到榛樹下時，鴿子又叫了起來：「王子，你看，她走起路來老是絆腳的！她不是鞋子的主人，鞋子的主人還在家裏呢。」

王子聽了，低下頭來一看，果然看見她的鞋子不合腳，便把她也送了回去。王子對灰姑娘的父親說：「她也不是我的新娘。你還有女兒嗎？」

於是，父親叫灰姑娘洗乾淨手和臉，過來試鞋。灰

崴腳了！

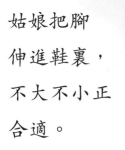

姑娘把腳
伸進鞋裏，
不大不小正
合適。

　　王子仔細看了看灰姑
娘的臉，發現她正是跟自己
跳舞的漂亮女孩，便興奮地
說：「這才是我真正的新娘
啊！」王子扶灰姑娘上馬，
帶着她回到王宮去。

　　從此，王子和灰姑娘
甜蜜地生活在一起，
幸福極了。

聰明的小裁縫

　　從前有一個公主，她非常驕傲，無論對誰都很挑剔，把所有的求婚者都嚇跑了。

　　國王看在眼裏，急在心裏，於是發布了一道公告。公告上寫着：明天王宮前將舉行競猜大賽，所有年輕男子都可以報名參加，能夠猜中的，就可以娶公主為妻。

三個裁縫正好從這裏經過，看到公告，覺得很有意思，就都報名參加了。

　　兩個年紀大一點兒的裁縫自以為見識多，手藝也比小裁縫好，就對小裁縫說：「哎，你連自己的工作都幹不好，就別去湊熱鬧了。」

　　小裁縫說：「不行，凡事都要勇於嘗試，不然怎麼知道行不行呢？」

　　第二天一大早，三個裁縫就來到國王的宮殿前。過了不久，公主戴着一頂帽子出來了。她傲慢地看着參賽者，說：「題目是我頭上有兩種頭髮，你們猜它們是什麼顏色的？」

　　年紀最大的裁縫不假思索地回答說：「這太簡單了，

你的頭髮一定是黑的和白的。」

公主聽了，冷笑着説：「不對。」然後指着第二個年紀稍大一點兒的裁縫，説：「你來猜吧。」那裁縫想了一下，説：「肯定是褐色的和紅色的。」

公主搖搖頭，毫不留情地諷刺道：「你真是個大笨蛋！」

然後，她指着小裁縫説：「現在就看你的了。不過，我看你長得呆頭呆腦的，肯定猜不出來……」

公主的話還沒説完，小裁縫就自信滿滿地回答説：「我知道，是金色的和銀色的。」

公主吃了一
驚，因為小裁
縫的回答是
正確的。
她心想：這個
小裁縫怎麼配得上我
呢？於是，她對小裁縫説：「你
雖然猜對了，但是在和我結婚之前，你
還必須完成一件事情。」

小裁縫問道：「你要我做什麼呢？」

公主説：「王宮後面的一間屋子裏關着一
隻大熊，今天晚上你去跟他作伴。如果明天早
上你還活着，就可以跟我結婚了。」

旁邊的人聽了公主的話，都忍不住替小裁
縫擔心。小裁縫卻説：「好的，我會完成你交
給我的任務的。」

到了晚上，小裁縫拿着幾顆胡桃、一把小
石頭和一把小提琴，走進了關着大熊的屋子。

他一進門，大熊就向他撲過來。小裁縫連忙模仿熊的叫聲吼了幾聲。大熊一聽就安靜了下來。

小裁縫在一個角落坐下來，拿出胡桃津津有味地吃了起來。大熊看在眼裏，饞得口水都要流出來了。

小裁縫看見大熊嘴饞的樣子，就從口袋裏摸出一把小石頭扔了過去。

大熊不知道那是小石頭，就賣力地咬起來，但怎麼都咬不開。大熊發火了，把小石頭遞給小裁縫說：「你快幫我把它咬開，不然我就吃掉你！」

小裁縫接過小石頭說：「唉，你真夠笨的，讓我來教你吧。」趁着大熊不注意，他把小石頭換成了胡桃，使勁一咬，就咬開了。

　　大熊很不服氣，氣憤地說：「再給我一顆，我現在就咬給你看！」

　　小裁縫聽了，又遞給大熊一塊小石頭。大熊不管怎麼賣力地咬，就是咬不開，還把牙齒弄痛了，最後只得放棄。

　　小裁縫見大熊不咬小石頭了，就拿起小提琴，開始演奏起來。

　　大熊一聽到音樂，就興奮地跳起舞來。他一邊跳，一邊對小裁縫說：「你彈奏的音樂非常好聽，能教教我嗎？」

　　小裁縫回答說：「當然可以。你看，只要

你左手的手指這樣按着弦，右手拿着弓在弦上來回地移動，就可以了。」

大熊說：「啊，這麼簡單，讓我來拉拉。」

小裁縫說：「好，不過你的指甲太長了，先讓我修剪一下，不然它們會把琴弦弄斷的。」

大熊聽了，連忙把熊掌伸了過去。

小裁縫拿出隨身帶着的老虎鉗，剪掉了大熊的指甲，還用老虎鉗夾住了熊掌。

大熊很興奮，拿着小提琴拉個不停。慢慢地，他覺得熊掌很痛，卻沒法把老虎鉗弄開，就咆哮起來。

躲在隔壁偷聽的公主聽到大熊咆哮了一晚上，以為小裁縫已被大熊吃掉了，非常高興。天一亮，公主就來到關大熊的屋子裏。她推開門一看，發現小裁縫竟然毫髮無損地坐在那裏呢。

　　小裁縫看見公主吃驚的樣子，就說：「怎樣？現在你應該嫁給我了吧？我已經完成任務了。」

　　公主無話可說，只好同意了。她拉着小裁縫，準備回王宮舉行婚禮。他們登上車沒多久，那隻大熊終於掙脫了老虎鉗，氣衝衝地追過來。

　　公主很害怕。小裁縫見了，就安慰她說：「不用怕，我有辦法對付他。」說完，他把雙腳叉開，伸出車窗外，做成老虎鉗的樣子，大聲地對大熊叫道：「快滾開，否則再用這個大老虎鉗把你夾起來！」

　　大熊一看到這麼大的「老虎鉗」，嚇得掉頭就跑。

　　於是，小裁縫和公主高高興興地回王宮結婚去了。

大拇指湯姆

從前有一個貧窮的樵夫，他和妻子一直沒有孩子。妻子歎息道：「唉，要是我們有一個孩子就好了，哪怕他只有拇指一般大小。」

過了沒多久，樵夫的妻子真的生下了一個拇指大的小孩。他們叫他大拇指湯姆。出生以後，湯姆的個子再也沒長高過，不過他非常聰明。

一天，樵夫要去森林裏砍柴。湯姆不想讓父親太辛苦，就決定自己趕車過去幫父親運柴。

樵夫出發後不久，湯姆就叫母親幫忙套好馬，然後把他放到馬的耳朵裏。

他吆喝道：「駕！駕！駕！」聽到使喚聲，馬飛快地跑了起來。

馬車轉彎時，迎面走來了兩個陌生人。他們見馬車在飛奔，又聽見吆喝聲，卻不見馬夫，覺得很奇怪，就跟着車子走，想弄明白是怎麼回事。

馬車在森林深處停了下來，湯姆從馬的耳朵裏探頭，向着樵夫喊：「爸爸，我把車子

給你趕來了，快過來抱我下去。」

兩個陌生人驚訝得說不出話來。他們心想：如果我們得到這個小傢伙，把他帶到大城市去展覽，不就發大財了嗎？於是，他們就跟樵夫商量，問他可不可以把湯姆交給他們。

起初，樵夫不同意。湯姆卻偷偷地對他說：「爸爸，把我交給他們吧，我會回來的。」於是，樵夫答應了。

兩個陌生人讓湯姆在帽檐上坐着。過了不久，湯姆說：「我要撒尿，快放我下來。」

其中一個陌生人說：「你就在上面撒吧！」

湯姆說：「不行，那樣不禮貌！」

兩個陌生人沒辦法，只好放他下來。

湯姆一下來，就鑽進老鼠洞裏不出來了。

兩個陌生人見事情不妙，趕緊用棍子去掏老鼠洞，可是怎麼也夠不着湯姆，只好生氣地走了。

湯姆見天色已黑，心想：我還是先找個地方過夜，明天再趕路吧。湯姆看到路旁有一個空蝸牛殼，就鑽了進去，在裏面睡起覺來。

這時，外面傳來兩個人的説話聲：「我們得想個法子，看看怎樣才能偷到牧師的錢。」

「我知道怎麼做。」湯姆忍不住説。

兩個小偷聽到聲音，找了好久才找到湯姆。他們用懷疑的眼光看着湯姆，説：「你能行嗎？」不過，他們還是決定試一試。

來到牧師的家，湯姆立刻扯開嗓門大喊：「你們想要房子裏所有的東西，對嗎？」兩個小偷嚇了一跳，連忙說：「輕聲點，別把人吵醒了！」可湯姆就像沒聽見小偷的話一樣，繼續大聲地說話。結果，牧師家的人被驚醒了，兩個小偷嚇得連忙逃走了。湯姆趁機溜進了穀倉。

湯姆在乾草堆裏找了個地方睡起覺來。他打算第二天就回家。

第二天早晨，僕人來餵牲口，抓起乾草放進牛圈。湯姆還沒來得及叫喊，就被母牛吞進肚子裏了。

母牛肚子裏很黑，湯姆很害怕，大聲喊：「救命啊！」

僕人聽到叫喊聲，趕緊去報告牧師。一開始，牧師並不相信。

這時，湯姆又叫起來：「我快憋死了，快救我出去！」

牧師聽到叫喊聲後，這才吩咐僕人把母牛宰了，但是他們沒有發現湯姆。

可憐的湯姆還在牛的體內呢，他拼命地想從裏面鑽出來。

突然，一隻惡狼跑過來，把部分牛身叼走了。來到大森林裏，牠迫不及待地把食物一口吞了下去。

湯姆沒來得及離開牛身，又被狼吞進了肚子。他害怕極了，不過很快就鎮定下來，心想：

我得想個辦法救自己。

他對狼說：「親愛的狼，你一定還沒吃飽吧？我知道有一個地方有很多美味的東西，什麼肥鴨呀，母雞呀可多了。」

狼說：「真的嗎？告訴我它在哪裏吧。」

「這些美味的食物在一個地下室裏，但是你得從溝渠裏溜進去，不然會被別人發現的。」接着，湯姆還把地下室的位置告訴了狼。

其實，那是湯姆的家。

狼真的按湯姆說的方法溜進了地下室。他找到食物，吃得肚子脹鼓鼓的，再也無法從溝渠裏溜出去了。這時，湯姆在狼肚子裏大叫起來。

湯姆的父母聽到聲音，跑進地下室發現了狼，就拿起斧子把狼砍倒在地。

他們再要砍時，忽然聽到湯姆大叫：「爸爸，媽媽，我在狼肚子裏呢。」

湯姆的父母趕緊把湯姆救出來。活潑可愛的湯姆終於重見天日，說：「啊，我快要憋死了，終於可以呼吸新鮮空氣了。」

湯姆的父母激動地抱着他說：「兒子啊，你總算回來了。這些天你去哪裏了？」

湯姆回答說：「我到過老鼠洞，又被母牛吞進了胃裏，最後進了狼的肚子。不過，我以後再也不要離開你們了。」

　　從此，湯姆一直和父母幸福、快樂地生活，再也沒有分開過。

金鵝

　　從前有一個人，他有三個兒子。最小的兒子忠厚老實，不怕吃虧，於是大家都拿他開玩笑，叫他小笨蛋。

　　一天，大兒子要去森林裏砍柴。臨行前，母親遞給他一塊蛋糕和一瓶葡萄酒，給他當午餐。大兒子接過蛋糕和葡萄酒就出發了。

當他走到森林裏的時候，一個白頭髮的老頭朝他走來。「你好，小伙子！」老頭向他打招呼說，「我又餓又渴，你可以把蛋糕和葡萄酒送給我嗎？」

大兒子立刻回答：「你想得倒好，都給了你，那我吃什麼喝什麼啊！」說完，就離開了。

大兒子在一棵大樹前面停下來，拿起斧頭使勁往樹幹上砍。結果，樹沒砍倒，反而弄傷了自己的手臂，只得悶悶不樂地回家了。

二兒子見哥哥受了傷回來，就嚷着要去砍柴。母親沒辦法，只得準備好麵包和葡萄酒讓他帶着上路。

二兒子也遇上了那個老頭，並且毫不猶豫地拒絕了他的請求，因此也遭受了和大兒子同

樣的懲罰。

小笨蛋見兩個哥哥都受了傷，便自告奮勇地對父親説：「爸爸，讓我去砍柴吧。」

父親答應了。小笨蛋很高興，拿着母親給他準備的烤餅和酸啤酒就出發了。

在森林裏，他也碰見了那個老頭。當老頭向他要吃的和喝的時，他爽快地答應了：「我只有烤餅和酸啤酒，如果您想要的話，都拿去吧。」

小笨蛋拿出烤餅和酸啤酒，發現它們居然變成了蛋糕和葡萄酒。

老頭對他說：「孩子，你心地善良，我要送給你一份禮物。在前面不遠處有一棵大樹，樹根處埋着一個東西，它會給你帶來幸福的。」說完，就離開了。

小笨蛋來到老頭說的那棵樹下，挖開樹根，發現裏面竟然有隻金鵝。

小笨蛋十分高興，牽着金鵝往回走。他見天色已晚，就走進一家旅館，打算在裏面住一夜，第二天一早就回家。

旅館老闆的三個女兒看見了小笨蛋的金鵝，都想拔一根羽毛下來。等到小笨蛋睡着了，她們就偷偷溜進了小笨蛋的房間裏。

大女兒往金鵝身上使勁一抓，沒想到手指全黏在了上面，拔不下來了。

二女兒和三女兒大吃一驚，走上前去，想拉開姊姊，結果也被黏住了。

第二天，天還沒亮，小笨蛋就迷迷糊糊地牽着金鵝上路了。這時候的天色還很黑，所以他不知道金鵝後面跟着三個女孩。

當他走到一片田野時，一個教士看見了跟在小笨蛋後面的三個女孩，就想：這太不像話了！於是上前想拉開她們，結果也被黏住了。

後來，教士的助手看見教士跟在三個女孩的後面，就上去拉他，誰知也被黏住了。

他們大聲呼喚路旁的兩個農夫，想讓農夫幫忙把自己拉下來。可是那兩個可憐的農夫不但沒有拉開他們，自己也被黏住了。

最後，小笨蛋牽著金鵝來到一座城市。他看到牆上貼着公告，上面寫着：誰要是能使公主發笑，就能娶公主為妻。

說來也巧，公主這時剛好出來散步，看見小笨蛋後面的七個人都被黏住了，樂得笑彎了腰。

小笨蛋走過去，說：「公主，你會遵守諾言嫁給我吧？」

公主說：「好的。」

但是國王不同意，他不願意讓一

個笨蛋當自己的女婿。他想讓小笨蛋知難而退，就對小笨蛋說：「你要是能找到一個能喝完整個地窖的葡萄酒的人，我就把女兒嫁給你。」

小笨蛋答道：「好的，我一定給您找來。」說完，就往森林走去。他心想：也許那個送我金鵝的老頭可以幫助我。

來到森林裏，小笨蛋看見那個老頭正滿臉憂愁地坐在樹下。老頭說：「這附近的水都被我喝光了，但我還是口渴得要命。」

小笨蛋聽了，非常開心，連忙說：「我帶您去一個地方，保證讓您喝個痛快！」

小笨蛋把老頭帶到國王的地窖裏，指着裏面的葡萄酒對老頭說：「老爺爺，您儘管喝吧，要是能喝完就算您屬害。」

老頭聽他這麼說，就一頭扎進酒桶裏，賣力地喝了起來。不一會兒，他就把地窖裏的葡萄酒全都喝完了。

小笨蛋跑去對國王說：「您要求的事我已經做到了。現在可以把公主嫁給我了吧？」

國王還是不願意把女兒嫁給他，於是說：「現在還不行，你還得找出一個能夠吃完堆得像一座山那樣高的麵包的人來。」

小笨蛋說：「好，我一定會給您找出這樣

一個人的。」說完，又往森林裏走去。

來到森林裏，他老遠就聽見那個老頭唉聲嘆氣地說：「我快要餓死了，儘管已經吃下滿滿兩爐麵包，可是我覺得那還不夠塞牙縫。」

小笨蛋聽了，高興地對老頭說：「您不用發愁了，我帶您去一個地方，保證讓您吃個夠。」

小笨蛋把老頭帶到宮中，指着堆得像山一樣高的麵包說：「您盡情地吃吧！」

於是老頭走上前去，抓起麵包不停地往嘴裏塞，沒過多久，麵包就被他吃完了。

小笨蛋跑去對國王說：「您要求的我都做到了，現在您可以把公主嫁給我了吧？」

但是國王又反悔了，他又一次為難小笨蛋，說：「要是你能夠找到一艘既能在陸地上又能在水裏航行的船，並且駕駛着它回來，就可以娶我的女兒！」

小笨蛋說：「好，我這就去給您找。」

於是，他又一次向森林走去。

老頭坐在樹下，看見小笨蛋過來了，就說：「孩子，你心地善良，幫我解除了乾渴和飢餓的困擾，我要送你一艘既能在陸地上又能在水裏航行的船。」說完，就把小笨蛋帶到一艘船前。

小笨蛋開心極了，連忙駕駛着這艘船回到了王宮。國王看見小笨蛋果然做到了，只得為他和公主舉行婚禮。

國王去世後，小笨蛋繼承了王位，把國家治理得很好。百姓們都很愛戴這位忠厚老實的國王。

聰明的農夫女兒

　　從前，有一個貧窮的農夫，他只有一座小房子和一個女兒。有一天，農夫和女兒去請求國王賜給他們一塊貧瘠的農田。國王早就聽説他們很窮，於是送給他們一塊草地。

　　得到草地後，農夫父女馬上翻土，想要種點穀物。突然，農夫看見地裏有東西閃閃發光。他撿起來一看，原來是一隻純金的臼。

　　農夫對女兒説：「國王這麼仁慈，送給我們這塊草地，而這個臼又是在這塊草地裏發現的，我們應該把它送給

國王。」

女兒不同意，說：「爸爸，我們現在只有白，沒有杵。如果你把白送給國王，他肯定會向你要杵的。到時候你拿不出杵來，他會認為是你把杵藏起來了。所以在找到杵之前，我們不能聲張。」

農夫不聽女兒的話，把白拿去獻給國王，說：「這是我在草地裏找到的，請您收下。」

國王接過白，問：「你還找到別的東西沒有？」

農夫回答說：「沒有。」

國王不相信，把農夫關進了監獄，對他說

道：「你什麼時候把杵交出來，我就什麼時候放你出去。」

僕人們每天只給農夫送去開水和麵包，他們總是聽見農夫在叫：「啊，當初我要是聽女兒的話，就不會像現在這樣了。」

僕人們向國王報告了這件事。於是，國王叫僕人把農夫帶過來，問道：「你女兒到底說了什麼呀？」

農夫說：「女兒叫我在找到杵之前，別把臼拿出來。」

國王說：「我倒要看看她是不是真的像你說的這樣聰明。」於是，他派人去把農夫的女兒叫了過來。

農夫的女兒來到國王面前。國王對農夫的女兒說：「聽說你很聰明，現在有一個難題，如果你能回答出來，我就和你結婚。」

農夫的女兒回答說：「好的，您說吧。」

國王說：「明天，你到我這裏來。記住，

不許穿衣服，也不許光着身子；不能騎馬，也不能坐車；不准從路上來，也不准離開路面。如果你能做到這些，我就馬上和你結婚。」

　　第二天，農夫的女兒脫光衣服，再把一張漁網罩在身上。接着，她把漁網的一端繫在驢尾巴上，讓驢拖着她走。沿途，農夫的女兒只有大腳趾踩在地上。就這樣，農夫的女兒按國王的要求走到了他面前。

　　國王說：「你解答了這個難題。現在你可以得到我承諾的一切了。」國王馬上跟農夫的

女兒結了婚，還把農夫從監獄裏放了出來。

有一天，一羣農夫把車停在宮殿前。這些車有的是用牛拉的，有的是用馬拉的。有一個農夫用了三匹馬拉車，其中一匹馬生下了一匹小馬駒。小馬駒很調皮，跑到了拉另外一輛車的兩頭牛中間。

有牛的農夫想得到小馬，就說：「小馬是我的牛生的。」

有馬的農夫說：「不，小馬是我的馬生的。」

兩個農夫爭吵起來，最後竟吵到了國王面前，請求國王判決。

國王說：「小馬躺在誰身邊，就歸誰。」

於是，有牛的農夫得到了小馬。有馬的農夫痛哭起來。

突然，他想起人們都說王后很善良，於是便去王后那裏請求幫助。他說：「親愛的王后，你能幫我要回我的小馬嗎？」王后說：「可以啊，我可以出個主意幫你要回小馬。但是你要答應我，不能告訴別人這個主意是我出的。」

有馬的農夫說：「我一定不告訴別人。」

王后說：「明天大清早，國王會去檢閱衛兵。到時候，你站在他將要經過的馬路當中，拿一張大漁網假裝捕魚。」說完，她把嘴湊到有馬的農夫的耳邊，告訴他應該怎樣回答國王的問題。

第二天，有馬的農夫站在國王要經過的馬路上捕魚。國王看見了，就派傳令兵去問農夫在幹什麼。

有馬的農夫回答說：「我在捕魚。」

傳令兵把這個回答報告給國王後，國王把農夫叫到跟前，說：「這裏連水都沒有，你捕什麼魚啊？」

有馬的農夫回答說：「既然兩頭牛能夠生出小馬，我為什麼不能在馬路上捕到魚呢？」

國王說：「這話不是你自己想出來的。快說，是誰教你的？」

　　農夫說：「這是我自己想出來的。」

　　國王說：「不可能！」於是，他叫人拷問農夫，農夫只得說是王后教他的。

　　國王回到宮裏，生氣地對王后說：「你為什麼對我這麼不忠實？你還是回到你原來生活的地方去吧！不過你可以把你最心愛的東西拿回去。」

　　王后說：「好的。不過我們先喝杯告別酒吧！」

　　王后暗地裏叫人把摻了安眠藥水的酒端給

國王。國王喝了之後，就睡着了。然後，王后
叫僕人把國王送到農夫的小房子裏去。

　　國王昏睡了很久，終於醒來了。王后走到
牀前，說：「你叫我把最心愛的東西帶上，我
就把你帶來了。因為除了你以外，我再沒有更
好和更心愛的東西了！」

　　國王很感動，便原諒了王后。從此，他們
在王宮裏快樂地生活，一直到老。

狼和七隻小山羊

　　從前，有一隻山羊媽媽生了七隻小山羊。

　　一天，山羊媽媽要去森林裏找食物。出發前，她把小山羊們叫到身邊，叮囑說：「孩子們，媽媽要去找食物，你們乖乖地待在家裏，不要隨便開門，要特別小心狼。」

小山羊們回答說：「知道了，媽媽，我們聽到嘶啞的聲音，看到黑色的腳掌，絕不開門！」

過了不久，門外傳來了說話聲：「親愛的乖孩子，媽媽回來了，快開門吧！」

小山羊們說：「咦，這聲音怎麼這樣嘶啞？我們媽媽的聲音可溫柔啦。這一定是狼。」於是，他們齊聲回答道：「不開，不開，你的聲音這麼嘶啞，你肯定是狼！」

狼一聽，趕緊去商店買了一大塊粉團，吞了下去。這樣，他的聲音總算變細了。於是，他又來敲門。

小山羊們正想開門，忽然看見窗戶上有一對黑色的腳爪，於是又一齊叫起來：「不開，不

開，你是狼，我們媽媽的腳沒這麼黑！」

狼只好又想辦法把腳爪塗白。這一次他來敲門的時候，故意把腳伸到窗口。

小山羊們一看：「咦，是白色的，這回真的是媽媽回來了。」於是，他們歡叫着把門打開了。門一開，狼就衝了進來。

小山羊們嚇壞了，在屋子裏亂逃。他們有的鑽到桌子下，有的跳到牀上，有的鑽進火爐裏，有的躲到廚房裏，有的藏到櫃子裏，有的逃到臉盆下，最小的那隻鑽進了掛鐘的盒子裏。但除了那隻躲在掛鐘盒子裏的小山羊外，其餘六隻小山羊都被狼找到並吃掉了。

過了不久，山羊媽媽帶着食物回來了。她進門一看，天哪，家裏亂七八糟的，孩子們

都不見了！山羊媽媽很着急，大聲地呼喚孩子們。最後，她聽見一個細小的、顫抖的聲音傳來：「媽媽，媽媽，我在掛鐘盒子裏呢。」

山羊媽媽連忙打開掛鐘的盒子，看見最小的那隻小山羊正在裏面發抖呢！她問小山羊怎麼回事。小山羊告訴了媽媽事情的經過。

聽完之後，山羊媽媽很傷心。她忍住傷痛，出去找狼，希望能救回自己的孩子。

山羊媽媽來到一片草地上，看見狼正在呼呼大睡，肚子鼓得像座小山。「沒錯，我的孩子們就在狼的肚子裏。我得把他們救出來！」想到這兒，山羊媽媽連忙回家準備工具。

狼睡得很沉。山羊媽媽趁機剖開狼的肚皮。剛剖開一條縫，一隻小山羊就蹦了出來；不久，又出來一隻……最後，

六隻小山羊全部出來了。

小山羊們沒有受一點兒傷。他們看到媽媽十分高興，歡叫着圍在媽媽身邊。

山羊媽媽正要帶小山羊們回家，突然想到：不行，不能就這樣放過狼！

於是，她找來一些大石頭，放進狼的肚子裏；又找來針線，把狼的肚皮縫了起來。然後，她才安心地笑了笑，帶着小山羊們高高興興地回家去了。

過了很久，狼終於醒來了。他覺得很渴，

就站起來去找水喝。

可是他剛抬腿，就聽見肚子裏傳出「咚咚」的聲響，接着他就栽倒地上。

狼痛苦地大叫道：「我只是吃了六隻小山羊，肚子裏怎麼會有這樣的響聲？真奇怪！」

狼掙扎着站起來，走到水井邊，彎下腰去喝水。沒想到，肚子裏的大石頭都往前壓去，狼一下子沒站穩，掉到水井裏，淹死了。

從此，山羊媽媽和小山羊們過上了幸福、平安的生活，再也不用擔心狼會來傷害他們了。

畫眉嘴國王

　　從前有一位公主，長得非常漂亮，但是她很挑剔。一天，國王舉行了一場盛大的宴會，邀請了其他國家的國王，以便公主從中挑選一位做丈夫。

　　不過，公主嫌他們不好，還嘲笑他們，尤其是其中一位下巴有點兒歪的國王。公主給他取了個外號，叫「畫眉嘴」。

　　國王對公主的言行非常生氣，就命令僕人們：「你們到宮殿門前去，把看到的第一個男人給我帶進來。我要把公主嫁給他。」

僕人們照辦了。很不幸，他們看到的第一個男人是個乞丐。國王遵守諾言，為乞丐和公主舉行了婚禮。

婚後，國王讓公主跟乞丐回家生活。

於是，公主就跟乞丐回家了。他們走啊走，來到一片大森林前。公主問：「這片森林真美麗，是誰的呀？」

乞丐回答：「是畫眉嘴國王的。」

公主歎息道：「唉，可惜我沒有嫁給畫眉嘴國王，還嘲笑了他！」

他們又往前走了一段，在一片肥沃的草地上停下來休息。

公主又問：「這片草地真肥沃，是誰的呀？」

乞丐回答說：「是畫眉嘴國王的。」

公主歎着氣說：「唉，可惜我沒有選中畫眉嘴國王，還辱罵了他！」

後來，他們經過的每一個繁華的地方，都是畫眉嘴國王的。於是公主不停地重複說：「唉，我當初要是嫁給畫眉嘴國王就好了！」

乞丐終於忍不住了，大聲說：「公主，你已經嫁給我了，不應該再說這樣的話，不然我會生氣的。」

最後，他們來到一間又破爛又窄小的房子前。公主問：「這小得可憐的房子是誰人的？」

106

乞丐回答說：「這就是我們的房子呀，快進來吧。」公主簡直不敢相信自己的耳朵，不過也只能跟着進去。

第二天一大早，乞丐叫醒公主說：「太陽升得很高了，快起來做飯吧。」

公主伸了伸懶腰，問道：「這裏難道沒有僕人嗎？還要我自己動手？」

乞丐說：「這裏可不是王宮，什麼事情都得自己做。快去做飯吧，吃完飯我還得到外面去幹活呢。」

乞丐家裏的食物很快就全吃完了。於是，乞丐對公主説：「我們已經沒有任何食物了。我去砍些柳樹枝回來，你把它們編成籃子，拿到市集上換幾個錢，買點食物吧。」

　　柳樹枝砍回來後，公主開始編織籃子。才剛動手，她細嫩的手就被戳傷了。

　　乞丐很心疼，説：「我看你還是織布比較好。」於是，他找來了一些線。但是線很硬，勒得公主的手指通紅通紅的。看着公主通紅的手指，乞丐又心軟了，説：「我還是去買些陶器回來賣吧。」

於是每天清晨，
乞丐把陶器挑到市場
上，然後由公主負責賣出。
就這樣，公主和乞丐總算過上了安穩的日子。

可惜好景不長。一天，公主正在市場的一個角落做生意，一個醉漢騎着馬直衝過來，把陶器撞得粉碎。公主嚇得連忙跑回了家。

乞丐說：「唉，真不知道你到底能幹什麼。這樣吧，國王正好缺一個廚房女僕，你去吧。」

於是，公主當起了廚房女僕，每天做着苦工。因為乞丐經常挨餓，她就在兩邊的口袋裏各放了一個小罐子，把別人吃剩的食物存起來，帶回家給乞丐吃。

一天，老國王為兒子舉行婚禮，廚房裏的僕人都跑去看，公主也在其中。

　　公主想起了以前在王宮裏的幸福生活，想着想着，就傷感起來，於是準備離開。這時，她忽然看見年輕的國王朝她走來。她趕緊低下頭，以免國王看到她邋遢的樣子。

　　可是國王抓住了她的手，還邀請她跳舞。公主嚇得頭也不敢抬。

　　國王問道：「難道你不願意和我跳舞嗎？」

　　「不是……」公主邊説邊抬起了頭。當她看見跟她説話的年輕國王時，害怕得話都説不出來了，因為這正是她嘲笑過的畫眉嘴國王。

　　畫眉嘴國王把她拉進了舞廳。她掙扎着，不小心打翻了口袋裏的罐子，裏面的湯水和剩飯全潑了出來，惹得宴會上的人哈哈大笑。公主非常難堪，轉身就往外跑。

　　剛跑到樓梯口，公主就被攔住了。她抬頭一看，又是畫眉嘴國國王，嚇得哭了起來。

畫眉嘴國王説：「你為什麼哭啊？我是你的丈夫，你不認識我了嗎？」

公主感到很驚訝，説：「我丈夫在家裏呢。」

看到她既疑惑又害怕的樣子，畫眉嘴國王説：「我實在太愛你了，所以，被你嘲笑以後，就躲在王宮後面，希望能多看你一眼。聽到你父親的誓言後，我就喬裝成乞丐，出現在王宮前。」

公主還是不相信，問：「既然你是國王，為什麼不帶我回你的宮殿呢？」

畫眉嘴國王笑着回答説：「我是為了幫你克服自高自大的壞毛病啊！」

聽完畫眉嘴國王的回答，公主的臉一下子變紅了。她低聲説：「我以前嘲笑過你，我不配做你的妻子。」

畫眉嘴國王拉着公主的手説：「誰沒犯過錯？只要改正就好了。來吧，快過來換衣服，

我們得趕緊去參加我們的婚禮了。」

　　於是，公主和畫眉嘴國王正式結婚了。從此，他們過上了幸福快樂的生活。

魔鬼的三根金髮

從前，有一個貧窮的女人，她生了一個兒子。孩子出生的時候，有人就預言在他十四歲的時候，會娶公主為妻。

國王聽到這個預言後，很生氣。他來到孩子的父母那裏，說想要收養這個孩子。

起初，孩子的父母不同意。但是當國王拿出一大塊金子時，他們認為孩子跟着國王會過上好生活，就答應了國王的要求。

誰知，國王把孩子放到箱子裏，扔進了小河。

箱子並沒有沉下去，而是漂到不遠處一個磨坊的攔水壩旁。磨坊的伙計看見了，就把箱子撈起來，打開一看，發現裏面竟然有一個漂亮的嬰兒。他決定把這個孩子送給磨坊的主人。

磨坊主夫婦沒有孩子，於是盡心地撫養這個棄嬰。

孩子漸漸長大了，變得非常優秀。

有一天，國王來到磨坊裏避雨。當他看到這個優秀的少年時，就問磨坊主夫婦：「這孩子是你們的兒子？」

磨坊主夫婦回答說：「尊敬的國王，他是我們十四年前從河裏的一個箱子裏救上來的。」

國王知道這正是他當年扔到河裏的嬰兒，就對磨坊主夫婦說：「我可以叫這個孩子送封信給王后嗎？如果他願意，我給他兩塊金子做酬勞。」

磨坊主夫婦高興地答應了。於是，國王寫了一封信給王后，說：「送信的男孩一到，立刻把他殺死。」

男孩帶着這封信起程了。當走進森林裏時，他迷路了。到了晚上，他在黑暗的大森林裏看到了一點亮光，就走過去，發現那是一間小屋，屋裏只有一個老太婆坐在火爐旁邊。

男孩說：「我要送一封信給王后。可我在森林裏迷路了，想在您這裏過夜，可以嗎？」

老太婆說：「你還是快點兒離開吧，這裏是強盜窩，待他們回來後，他們會殺了你的。」

男孩說：「我不怕，而且我實在太累了。」說完，他往地上一躺，就睡着了。

不久，強盜們回來了，生氣地問老太婆這個男孩是誰。老太婆如實告訴了他們。

強盜們拆開信，看見信上的內容，不禁起了同情心。於是，強盜頭目把那封信的內容改成了男孩一到，就讓他跟公主結婚。

第二天，男孩拿着信繼續趕路。王后收到信後，就按信裏的要求舉辦了隆重的婚禮。

國王回來後，見預言應驗了，非常驚訝，就問王后是怎麼回事。

王后把信遞給他。國王看了信，知道信被調換了，十分生氣，就對男孩說：「只要你拿到魔鬼的三根金髮，我就同意你當我的女婿！」

男孩回答說：「好吧，我一定把金髮拿回來。」說完就上路了。

男孩走啊走，來到一座大城下。守城的衞兵問他：「你是幹什麼的？都知道些什麼事情呀？」

　　男孩回答説：「我什麼都知道。」

　　衞兵説：「我們市場上的井以前是出葡萄酒的，為什麼現在卻乾了，連水都沒有呢？」

　　男孩説：「等我回來，我就告訴你們。」他繼續向前走，一直走到另一座城前。守城衞兵問他：「你是幹什麼的？都知道些什麼事情呀？」

　　男孩説：「我什麼都知道。」

　　衞兵問他：「我們城裏的一棵樹，平常會結金蘋果，為什麼現在連葉子都沒有了？」

　　男孩説：
「等我回來，
我就告訴你們。」
他繼續前進，來到一條大河邊。

　　一個船夫過來問他：「你是幹什麼的？都
知道什麼事情呢？」

　　男孩説：「我什麼都知道。」

　　船夫問道：「為什麼我總是在這裏擺渡，
一直沒有人來接替我呢？」

　　男孩説：「等我回來，我就告訴你。」

　　船夫就用船把男孩送過了河。

男孩過了河，來到地獄。地獄裏只有魔鬼的祖母在家。魔鬼的祖母看起來並不凶，她問男孩：「你來這裏有什麼事啊？」

男孩說：「老婆婆，我需要魔鬼頭上的三根金髮來換回我的妻子。」

魔鬼的祖母覺得男孩很可憐，就把他變成一隻螞蟻，放到自己的衣縫裏。男孩見魔鬼的祖母很同情他，便趁機向魔鬼的祖母提出了衛兵和船夫問他的問題。

魔鬼的祖母告訴男孩，只要在她拔魔鬼的三根金髮的時候，留心聽魔鬼說的話就行了。

天黑的時候，魔鬼回來了。一進門，他就覺得空氣裏有陌生的味道，便開始到處尋找。

魔鬼的祖母説：「你總説聞到有人肉的氣味，這裏哪有什麼人啊！看，你又把我剛整理好的房間弄得亂七八糟了。不要找了，快坐下來吃晚飯吧。」

魔鬼吃飽之後，躺在祖母懷裏叫她幫忙捉蝨子。很快，他就睡着了。魔鬼的祖母捏住他的一根金髮，拔了下來。魔鬼大叫：「你幹什麼？」

魔鬼的祖母説：「哎呀，我剛才做了一個夢。我夢見市場裏有一口井，平常能湧出葡萄酒，現在乾得連水都沒有了。那是為什麼呢？」

魔鬼説：「因為水井裏的一塊石頭下面有一隻癩蛤蟆。只

要抓住它，葡萄酒就可以流出來了。」

　　魔鬼的祖母繼續幫魔鬼捉蚤子。她趁機拔下第二根金髮。魔鬼又痛得大叫。

　　魔鬼的祖母說：「我剛才又做了一個夢。我夢見有一棵樹，平常結金蘋果的，可是現在連葉子都不長了。那是為什麼？」

　　魔鬼說：「有一隻老鼠在咬樹根。只要趕走老鼠，樹就會結金蘋果了。不過，你做夢可別再打擾我了，不然我可要生氣了！」

　　魔鬼的祖母安慰他一番，繼續捉蚤子。

魔鬼嘟噥了幾句，又睡着了。這時，魔鬼的祖母捏住第三根金髮，拔了下來。魔鬼痛得跳起來，生氣得要命。

魔鬼的祖母又安慰他說：「哎呀，誰能保證不做夢呢？我夢見一個船夫，他說他總是擺渡，沒有人去接替他，那是為什麼呢？」

　　魔鬼回
答說：「嘿，
這麼簡單的事情都
不知道！如果有人來過河，
他把船篙塞到那人手裏，以後就由那個人擺渡
了。」

　　已經拔了三根金髮，三個問題也得到了答
案，魔鬼的祖母就讓魔鬼安靜地睡到天亮。

　　魔鬼走後，魔鬼的祖母讓男孩恢復了人
形，並把魔鬼的三根金髮發給了他，還告訴了
他那三個問題的答案。男孩謝過魔鬼的祖母，
踏上了歸途。

　　男孩過了河，把答案告訴了船夫。接着，

男孩走到之前那兩座城，把答案告訴了守城門
的衞兵。衞兵非常感激他，送給他兩頭馱着金
子的驢作為謝禮。

最後，男孩回到王宮，把魔鬼的三根金髮
交給了國王。國王看見馱着金子的驢，十分高
興，問道：「親愛的女婿，你的這些金子是從
哪裏來的？」

男孩説：「河邊的岸上到處都是金子。」

國王非常貪心，他想要得到那些金子，就
問：「我也可以去搬一些回來嗎？」

男孩説：「可以啊，只要河邊的船夫把你渡過河去，你想搬多少金子就搬多少金子。」

　　國王急忙來到河邊。船夫讓他上船。船一靠岸，船夫就把船篙塞到他手裏。

　　從此以後，國王就在河上日夜擺渡了。

給孩子的世界經典故事

格林童話

編　　著：幼獅文化
繪　　圖：朱進、王光珠
責任編輯：黃偲雅
美術設計：張思婷
出　　版：園丁文化
　　　　　香港英皇道499號北角工業大廈18樓
　　　　　電話：（852）2138 7998
　　　　　傳真：（852）2597 4003
　　　　　電郵：info@dreamupbooks.com.hk
發　　行：香港聯合書刊物流有限公司
　　　　　香港荃灣德士古道220-248號荃灣工業中心16樓
　　　　　電話：（852）2150 2100
　　　　　傳真：（852）2407 3062
　　　　　電郵：info@suplogistics.com.hk
印　　刷：中華商務彩色印刷有限公司
　　　　　香港新界大埔汀麗路36號
版　　次：二〇二三年一月初版
　　　　　二〇二三年八月第二次印刷

ISBN: 978-988-76583-7-5
Traditional Chinese Edition © 2023 Dream Up Books
18/F, North Point Industrial Building, 499 King's Road, Hong Kong
Published in Hong Kong SAR, China
Printed in China